똥밭길 먼 새벽을 걷는다

이 도서의 국립중앙도서관 출판예정도서목록(CIP)은 서지정보유통지원시스템 홈페이지(http://seoji.nl.go.kr)와 국가자료종합목록 구축시스템(http://kolis-net.nl.go.kr)에서 이용하실 수 있습니다.
(CIP제어번호 : CIP2020045123)

지혜사랑 227

똥밭길 먼 새벽을 걷는다

김병수

지혜

시인의 말

삶의 길을 모르기에
오늘도
시를 쓰는 것인가

어딘가에서
감내하고 있을
인간의 지평을 찾아 헤맨다

이름 없이
묻힌다하여도
하나의 붉은 화석을 꿈꾸며

2020년 가을초입
김병수

차례

2부

3부

4부

• 일러두기
한 연이 첫 번째 행에서 시작될 때는 > 로 표시합니다.

1부

요즘세상

형님 먼저 아우 먼저
둥글둥글
호박 같은 세상이야
고서점 동화童話 속 얘기지만

저 고개까지는
술상 엎어 놓고서도
어깨 툭 치고 마음 퉁치며
둥글넓적 살았는데

요즘세상
옷깃 한 올은 고사하고
눈 길 하나 혀 받침 하나 어긋도
포크와 나이프 날이 서니

오늘도 여유與猶하소서
집집마다 골목마다
쏟아지는 주문에
간판집 사장님만 대박 나는 세상이다

똥

살면서
똥 밟는 서러움은
구린내가 아니다
똥 밟는 순간 누구나
세상의 똥이 되기 때문이다

살면서
똥 밟지 않는 자 없다
한 번도 똥 밟지 않은 자는
산 자가 아니다
그야말로 세상의 진짜 똥이다

살면서
똥 밟는 것 두려워마라
두려움은 세상 가장 구린 똥
꽃 붉게 피우려는 자
똥밭길 먼 새벽을 걷는다

깃대

깃대 높고 높으나
한 조각 깃발 하나 없다
그저 어서 오라
세상 펄럭이고 싶은 것들이여
몸짓 없이 말하고 있다

호수 넓고 넓으나
한 바람 물결 하나 없다
그저 어서 오라
세상 흐르고 싶은 것들이여
소리 없이 노래하고 있다

피어나는 것
꽃봉오리 아니라도
하나 눈동자
마주하는 숨결 있어
세상은 오늘도 하루 숨을 쉰다

신전

그 옛날
땀으로 신전을 짓고
땅 끝 닿도록 머리를 꿇었다
나보다 더 작은 나
잊지 않도록 기도를 드렸다
주룩주룩 내리는 비에도
흐려지지 않으려
도끼눈 밤새워 숨을 닦았다

그 오늘
돈으로 신전을 짓고
하늘 끝 닿도록 머리를 쳐든다
나보다 더 큰 나
잊지 않도록 소원을 외친다
총총히 빛나는 별보다
더 빛이 나려고
거친 숨 밤새워 도끼를 닦는다

지하철

아프기는 아픈 세상인가 보다
지하철 사람들마저
휴대폰 켜고 세상 진찰이다

의사 간판 그리 많고
청진기 천리안인데
세상눈물 끝없는 까닭 의문이다

이제는 다들 휴대폰 끄고
눈빛 마주보며
숨소리 나눠야 하지 않을까

아프고 아픈 것은
뼈마디 삭신 쑤시듯
마음 아픈 세상이니 말이다

2019 광화문광장

너희들 먹이고 입히려 등골 휘었다
할머니 할아버지
삿대 높고

사람 사는 세상 만들려 숨결 휘었다
아버지 어머니
목청 높고

촌스럽고 거추장스러워 스타일 휜다
손자 손녀들
눈총 높다

내비

내비 세상
길은 사라지고
별도 달도 잊은 지 오래

별빛 같은 사연
달빛 같은 눈물도
이젠 죽은 시어

왜 날 낳으시었소
달 타령 별 타령에
뿌연 밤하늘

뉘 탓하랴마는
별빛 달빛 머금어야
인생 익는 것 어찌 모르는지

실직

돈이 아니었다
월마다 꼬박꼬박 통장에 찍히는 숫자였다
꼭지 틀면 나오는 샘물이었다
귀하다는 냄새조차 냄새난다고 스쳤다
아니
외면했다

돈이 아니다
월마다 꼬박꼬박 살점 베가는 칼날이다
꼭지 틀면 출혈되는 핏방울이다
가슴 닳고 닳아도 냄새조차 귀하다
아니
외면당했다

정치

때론 나와 너 사이
별 인연 다 뒤져 엮고
그마저도 아니 되면
별별 사연 꾸며 엮어
나를 너로 만드는 것

때론 나와 너 사이
생 인연 다 찢고 헐어
나를 그로 만들고
그마저도 아니 되면
별별 수작 꾸며 엮어
나를 그것으로 만드는 것

때론 철천지원수
이 갈리는 나와 너 사이
또 다시 군침 흘리며
젖은 장작 연기처럼
없는 염치 꿈틀대는 것

장례식

파란 많고
권세 화려했던 정치인 죽었다
거창한 치알 아래
세상 바꿨느니 공과功過 시끌벅적하다

정작
그가 남긴 위대한 진실
사람은 누구나 죽는다는 사실은
부고조차 없다

그 진실 하나만 엄히 알아도
온 세상 바뀌는 이치를
누구도 말하지 않는다

늘 그렇듯
삼우제도 못 살 말들로
텔레비전은 하품도 못한 채
뜬눈으로 밤 지샌다

아이폰 유감

그와 나 사이
비밀도 아닌 비밀번호
한 잔 술 미욱 손길 외간타고
옥쇄를 한다니
황망함 그지없다

옷고름 단속
은장도 시퍼럼이야
열녀 중의 열녀
충신 중의 충신으로
세상 칭송 자자하다마는

별 가득하다느니
인생은 아름다워라느니
젊고 이쁜 사방 유혹
한 번 눈길 아니 뺏긴
나를 어찌 의심한단 말인지

애인보다 살갑게
밤낮 볼 비비고
품속 나눈 밀어
그 세월이 얼마이거늘

어찌 나를 모른다 하는지

미어지는 답답 가슴
옥쇄는 아니 되오
목이 쉬고 손이 닳고
동서고금 백방명사 다 불러도
한 번 정절 요지부동이다

탓하고 울어봐야
무슨 소용이랴마는
영정사진, 술친구 하나쯤은
남겨두고 갈 것이지
호적옥쇄 유감 아니 없을 소다

그대여
열녀 천국 가시어
시조님 뵈오시거든
정절 고귀하기 그지없으나
미욱도 인간지사 다반사이니

다음 생
오시는 날엔

인간의 어리숙함도
어여삐 헤아려 주시어라
간곡히 전하여 주시어라

식목일

식목일 아침
나무 한그루 심는다
아파트 베란다 화분에

뿌리 내릴 수 없는
내 처지 아는 듯
다리 오므려 앉는다

오늘의 기도

신이시여
오늘 하루도
꼰대눈총에
과녁되지 않도록 하여 주시옵고
미迷구정물에
상판먹칠 않도록 하여 주시옵고
갑질올무에
밥줄절단 않도록 하여 주시옵소서

전능하사 신이시여
오늘 하루도
꼰대눈총 성가시다
회피도피 않도록 하여 주시옵고
미迷구정물 더럽다
좌불입불 않도록 하여 주시옵고
갑질올무 두렵다
구질을질 않도록 하여 주시옵소서

저출산 단상

애기 울음 아니 들린다
태산 걱정에
먹고살기 힘들어서
키워봐야 소용없어
갑론을박이다

하기야 요즘세상
가정은 회사휴게실
사랑은 근무해태
육아는 무급의 연장근로
애 날 시간도 키울 손도 없다

허나 진짜이유는
울음 잃은 때문 아닐까
전쟁 같은 하루
슬픔은 불순분자 울음은 긴급체포라
울지 않으려 사랑 구기니 말이다

울음은 신의 은총
그 은총에 사랑모험 있나니
잃어버린 울음
다시 울어 젖힐 때
애기울음도 다시 피어나리라

내 나이가 어때서

내 나이 열여섯
헌데 요즘세상 눈 씻고 봐도
또래 보일까 말까다

인간은 백년사는 세상
기침起寢 가쁘나 출퇴근 가뿐한데
왜 그리들 일찍 떠났는지

하기사 신사의 벤치, 우먼르노아르
물 건너온 미남미녀 차고 넘치니
데이트 창피하고

립스틱 도둑쯤 훈방이었으나
요즘은 눈 흘림도 살벌이니
피막골이 상책이라

허나 잘난 놈 못난 놈
젊은 놈 늙은 놈 제멋대로 살아야
살맛나는 게 세상이치

나는 오늘도 코안경 시인과
내 나이가 어때서
룰루랄라 런웨이 워킹을 나선다

4차 산업혁명론 유감

또 혁명이 났단다
그저 성실은 좌불안석
물정 빠른 상인은 새 단장이고
정부는 부산이 대책이다

하루하루가 혁명이고
교과서 난 것도 부지기수
미완의 공약도 차고 넘쳐
쥐나는 세상에 또 혁명이라니

정작 뭔 불만인지
어째서 행복해지는지
제대로 된 삐라 한 장 없고
묻고 따지는 자 또한 없다

이제는 정말
가슴 따스하게 따스한 가슴
나누는 혁명이어야
또 한 번 제 살 궁리 요란하면

혁명의 단두대에
혁명 그 자체가 서리라
혁명의 단두대에
인간 그 자체가 서리라

등록금 고지서

예고 1학년 딸이
버들처럼 몸 다듬고
촛불처럼 맘 다독이며
악보 없이 시공을 조각하는 춤
그 아니 좋으랴마는
콧대만큼이나
허영 높은 등록금 고지서에
철마다 속 타는 가슴

농로 길
노상장터 주점 길
바람결 몸짓은 어디로 갔는지
막걸리 한 사발에 쉬도록 외치는 목청
다들 나와
봄바람 꽃잎처럼
갈바람 낙엽처럼
하루를 춤추고 세월을 춤추자고

서울풍경

서울은
콧대 높은 타워 사시는 곳
주택은 호적 빼 산속 숨었고
난쟁이 아파트는 방 빼 채근에 전전긍긍이다

서울은
지체 넓은 캐슬 사시는 곳
�스핀 가두리 레이크
철 대문 콘크리트 성벽은 철옹성이다

고래싸움에
새우등 터진다고
귀하신 분들 싸움에
가난한 집 이삿등 터진다

사직서

어느 일간지 사회면
누구나 가슴속 사직서 하나 있다
체리 빛 대자보 걸렸다

오늘 여기 머물지 않는 꿈이라
눈뺵치듯 다가 보니
허물 긁는 말길 곳곳 유혈이다

불완전한 너와 나로
더 완전히 불완전한 세상은
지면 밖 벙어리 설움이다

선글라스 빨대 뿐
흙바람 눈물 없는 사직서辭職書는
구겨진 하룻밤 낙서장이다

사막에 오아시스 꿈으로
누구나 가슴속 가시 하나 있다
청동빛 사직서社稷書 보고 싶다

카톡

알람의 경계도
사색의 침묵도 뚫고
들이치는 문안들
신사체면에
술상 행주질 마다 않으나
물리도록 물린 말들에 지쳐
꿈을 꾼다

날갯짓 없어도
꽃향기는 하늘 날고
고래는 통소 하나
어깨동무 천리 길인데
공맹도 까무러칠 밤낮 덕담에도
사람 세상
어찌 칼바람 살얼음인지

꽃은 고사하고
뿌리째 버림받는 말들을
지랄 급전急傳하랴
종일 숨차고 부르트는
내 슬픈 인생이여
카톡의 통곡에 지쳐
꿈을 깬다

재개발

녹이 슬도록
세월 울부짖었는데
밤새 사글세라도 얻었나
버림받은 영혼들만
먼지 속 발가벗은 아우성이다

팔랑크스Phalanx
군홧발 창검이
마지막 숨 끊어놓기도 전에
카펫 붉게 깔리고
찰랑찰랑 술잔 차오르리라

눈이 내린다
여기 저기 갓 쓴 무덤 위
하얀 눈이 내린다
설운 가슴 달래려는 듯
소복소복 내린다

붕어빵

붕어빵 속 붕어가
금붕어인지 은붕어인지
미운지 고운지
아니
붕어빵에 붕어가 사는지 조차도
배 물음 사치다
빈집이라도
붕어가 살던 흔적마저
불타 그슬렸다하여도
붕어 냄새
한줄기 붕어빵 하나 있다면

소주

그림자도 숨어드는 한낮
빨간 파리채
빨간 바지 아줌마 슈퍼에
속 불타는 벌건 숨

털어 부어도
미늘은 아니 녹고
독만 더 짙푸르러
소주병 모가지 움켜쥐려니

소주도 희석식
인생도 희석식
아줌마 파리채에 잡힌 말
술잔 속 희뿌연 요동

이름표

밤마다 왁자지껄
휘청대는 술잔 곡률에
어깨는 현을 켜고
별 따려는 목청들
창문을 부술 듯 날았지

세상이 참 그래
이름표 녹이 스니
술잔 목마르고
어깨는 사금파리
유행가도 씨가 마르고

홀로 떠나간 자리
꽁초 벌건 눈동자에
술값 줄 면목 없어
고개 돌린 창문 밖
별 하나 눈물 쏟더라구

북극성

점은
부분 없으나
베고 갈라 줄이 되었지
편만이 내 품 되는

줄은
다시 기어코
잇고 엮어 면이 되었지
아귀만이 내 것 되는

칠성아
눈 풀어라
움켜쥔 손 놓거라
오늘밤도 목청 지새는 점 하나

이쑤시개

속절없이 베이고 깎이어
반의 반 척도 아닌 깡마른 몸
늘 때늦은 허기
앵두입술 군침 미련도 접은 채
소임 다하면 명예도 없이
허리 꺾일 운명마저 잊은 채
목숨 최후의 전장
어금니 바리케이드 질주하는 그대
세상의 시름을 밀어 헤쳐라
시름의 세상을 들어 떨쳐라
헤라클레스 보다 세고
갈릴레오의 장대 보다 위대한 순교자여

백수

안개 새벽
간만에 불려나왔다
전철 치대는 숨결사이
이제 어딘가 한자리 꿈 곧추섰으나
문은 고사하고
길마저 길 잃은 길
세이렌도 지쳐 늙어
할미꽃이다

갈 곳도 없이
가야만 하는 몸부림
종착 하 세월이라
억지라도 재울 듯
덜컹덜컹 자장가 전철
떼어놓고 갈까
꼭 껴안은 주인의
구부러진 등뼈 치댄다

하루

밤새 뜬눈으로 새겼다
눈 크게 뜨고
세상 바로 보시라
목청 터지는 숨
동녘 끓도록 붉으나
천지 각진 눈
눈빛 얼마나 알아먹으려나
구름에 끌려가는 해
눈시울 애 닳도록 하얗다

땅거미 장막 치는 서녘
걸쳐 선 가쁜 숨
인생은 꽃 쟁반 아닌
스쳐지나가는 세월 속에 있나니
바람의 노랠 들으시라
천지 모난 귀
말귀 얼마나 알아먹으려나
어둠에 불려가는 해
목소리 애 닳도록 붉다

게

게는
제 걸음

나는
게 걸음

사연

저기 들꽃을 보는 이여
그저 흔한 꽃이라 마시오라
흔한 꽃이야말로
더 짙은 향기로 피노라니
그 향기에
그대 가슴 속 눈꽃이 필 때
그 꽃을 보리오라

저기 누구를 스치는 이여
그저 별거 아닌 누구라 마시오라
별거 아닌 인생이야말로
별 같은 사연을 품고 사노라니
그 사연에
그대 가슴 속 촛불이 필 때
그 누구를 보리오라

정답

삶의 정답은
누구도 모른다
그 누구만의 해답이 있을 뿐이다
그 해답이 정답되는 순간
정답 아닌 정답이 세상의 목을 맨다
인간의 비극은 여기에 있다

삶의 정답은
모른다는 것을 아는 것만큼
최선의 해답은 없다
모름 아는 그 순간
세상은 너른 바다 파도의 자유다
인간의 희극은 거기에 있다

2부

새

불타는 노을에
새들이 쪼그려 앉았다
동이 틀 새라
날갯짓 하늘을 누볐으나
뭉게구름은
여전히 저 멀리 흐르고
발톱 억세게 쥔 것은
눕지도 못하는
한 뼘 허공 난간뿐이다
죽는 날까지
아니 죽어서조차도
하늘로 가는지 땅으로 가는지
알지 못하는 새들이
비집고 다투는 야간전투에
메마른 나뭇가지
세월보다 허리 더 휜다

꽃

봄바람 분다
꽃 지천 아우성이나
향기는 오직
때 이름 아니 두렵다
눈 속 핀 붉은 눈물 그 꽃뿐
절정에 피는 꽃은 향기가 없다

찬바람 분다
꽃 진다 아우성이나
자취는 오직
때 늦음 아니 덧없다
눈 속 진 하얀 눈물 그 꽃뿐
절정에 지는 꽃은 자취가 없다

길

저기 황혼에
홀로 발 길
그림자 지쳐 우는 그대여

어제는 속절없고
내일은 백지 미로
누구도 아는 길은 없다오

그저 엉클어진
한 움큼 시간들을
헤쳐 걸을 뿐이라오

해가 지면
달품에 시름 묻고
별빛에 꿈 다독이다

새벽이 오면
찬 이슬로 눈 비비고
길 다시 굽이쳐 가는 것이라오

세렝게티

나신의 대평원
칼보다 날선 눈부림
시간을 멈춰 세울 듯 내달린다
갈리고 엇갈리는 운명길
허벅지 파열하고
발굽은 치축을 뒤흔드나
숨은 목숨마저 까맣게 잊었다

생 먼지 산화 속
사자, 마지막 숨에 말한다
이제 모든 것 끝이 났다
누우, 전율 잃은 숨 바람에 놓는다
사자, 주검 고이 내려놓고
운명 가득히 울음 운다
세렝게티 어제도 그랬다

스님

정월 찬바람
새벽 여명을 봅니다
아무도 밟지 않은
눈밭 너머 산사를 봅니다
고드름 둘러친
서릿발 문고리 선방을 봅니다
낡은 문풍지 틈새
얼어붙은 화두를 봅니다
촛불 다함에
녹아내릴 번뇌를 봅니다
머잖아 장삼 터는
문지방 미소를 봅니다
벌써 불어오는
그날 봄바람을 봅니다

새벽기도

누구
몸은 욕망하고
영혼은 끝이 없는 방황
취객의 구토 어지럽게 굼틀대는데

누구
하루 새벽을
어찌 그리도 인생생사 고백하듯
성심 맑게 맞이하고
하루 새벽을
어찌 그리도 세상생사 개벽하듯
여명 붉게 맞이하시나요

누구
전능의 불기둥에
욕망은 불사르듯 녹아내리고
전능의 은혜에
영혼은 감격 넘쳐 눈물 흐르려니

누구
오늘 세상의 목련이시라
백옥 피어나는 그 향기에
나의 발걸음 이슬처럼 멈추어 서오

출가

오직 하나
해인海印 물음 나서는 길
꼬치꼬치 사방 채근에
그 물음 녹이 스는 그대여

지방紙榜 무너져도
그 물음 불타는 날
생사 종횡 티 없이 가늠하여
인연 다시 세우고

시작詩作에 잉크 흘러도
그 물음 눈 녹는 날
묵힌 시어들 새로 닦아
꿈 다시 지피면 되는 것

해인 길
새 길은 오직 하나
나조차도 놓고 떠나는
그 물음 하나로 열린다네

그림자

그때는
보지도 않았고
보고 싶지도 않았다

이제는
보고 싶어도 보이지 않고
보려하니 더욱 아니 보인다

길은 오아시스에 머물지 않는다

불 꺼진 세밑 홀로 섰다
앞만보다 잊은 별
이름 없이 흐른 세월이 아우성이다

길이 든 길 어찌 모르랴마는
모르고 걷고
걷고도 모르는 길
그 길이 진짜 별이고

걷는 이도
바라보는 이 조차도
잊고 사는 세월이 진짜 인생임을
그 누가 알려나

내일 또다시
사막에 모래폭풍 예고 높으나
세상은 늘 낯선 하루

돛대 하나
새벽너머 개벽까지
길은 오아시스에 머물지 않는다

기찻길 단상

해 저물녘
역방향 기차를 탑니다
지나온 길이 보이지 않는 듯 보입니다
알았으면 가지 않았을 길도 보입니다
그 길이 더 붉습니다
사람들이 내달려갑니다
그 길을 지나왔기에
서두르려는 말을 거둡니다
절벽이 기다릴지라도
홀로 길이 인생길이니 말입니다

장마길

장마길
번개와 천둥 사이 미로다
그래도 달팽이 걷는다
미로나마 길은 있는 것이다
견딜 수 없이 힘들어도
굴함 없는 미소에
마중등불 있으리라는 것
그는 믿는다

입추길
생과 사 간단없는 벼랑이다
그래도 매미 노래다
벼랑이나마 길은 있는 것이다
참을 수 없이 가벼워도
분노 없는 울음에
다가오는 사랑 있으리라는 것
그는 믿는다

담배꽁초

찬바람 정거장
보도블록 틈새에
이겨진 상처로 웅크린 꽁초들

기다림에 떠나감에
때론 그 모든 무상함에
벌겋게 타올랐을 외로운 불꽃들

육신은 삭아도
끝내 마르지 않을
인연 보듬은 인생의 화석들

귀 대어 듣노라면
속 쓰린 연기처럼
구부정 피어나는 검붉은 사연들

막차

새까만 시간
길은 오직 불빛 하나다

종일 삭은 몸
외로운 눈동자 말이 없다

막차도 아는 듯
끝이 아닌 끝까지 길을 낸다

이중섭미술관

살이 뼈가 되고
뼈가 살이 되는 질주
수직 절벽 타고
중력 이겨 달려 나간다

빛마저 구비치는
운명과 운명사이
새겨진 윤곽마다
메마른 숨 검붉다

살아서 죽어가고
죽어야 살아가는
모순의 찰나 길
선글라스 여인
엉클어진 눈을 감는다

살은 타고
뼈는 마르고
가슴은 닳고 닳아야 닿는다는
피안은 어드메 헤맨다

채석강

단애절벽에
무언의 무언으로
켜켜이 박혀있는 시간들
저녁노을에
베인 상처 더욱 짙으니
설익은 채 삼켜버린
인생을 토하는 나그네

누런 번뇌는
거친 파도에 씻겨가고
길 잃은 몸
또 하나의 채석 되니
저녁노을에 소리 없이 울려 퍼지는
내소사의 목탁소리
내 안의 풍경소리

지중해

남녘 끝 작은 새
뾰동통 입술에 깔깔 미소로
공주의 성 살았지요

갈대 흐드러진 어느 날
낯선 방랑 새 한 마리
창문 두드렸지요

두려움에 설렘에
무역풍 거스르고 모래사막 헤쳐
끝 모르게 세상 날았지요

마침내 이즈미르Izmir의 죽음
보스포러스Bosporus의 운명 넘어
땅 하늘 구분 없는 지중해 자유되었지요

삶의 홰를 떨쳐라
마음의 중력을 거두라
월경하듯 네 인생을 물들여라

오늘 아침
공주의 성 활짝 열리고
국화꽃 향기 너울 피었답니다

봄

뭇별 틈서리 아지랑이는
존재의 기억조차 없고
마른가지 금가는 침묵도
굳이 찾아보면 비문飛紋의 흔적쯤
어제도 삭풍에 웅크린
낡은 외투다 싶었는데

오늘 아침
꿈을 깁는 여인의
풀어헤친 머리처럼
버들가지
날 숨결 피어오르고
돌담너머 목련도
엉클어진 시공
설음 뿐 운명일지라도
하나 실오라기 어긋 없이
꽃봉오리 움튼다

어디로 가는지
물음마저 잃은 채
늘 스쳐 지나가는 길
슬몃슬몃 다가오는 갈증 속

이름 없이 도려낸 봄시름 자리마다
상처난 세월이 아파온다

그대여

그대여
싸워봐야 겨우 한 뼘
옥신각신 날 새다 봄날은 가고
이길 저길 결국은
하나의 길
우왕좌왕 헤매다
인생은 갑니다

그대여
봄날 아쉽지 않으려면
서린 햇살에
꽃 피고 새 우는 소리를 듣고
인생 서럽지 않으려면
지는 노을에
그대 발자국 그림자를 보시어라

사이

봄바람 분다
눈바람 분다 분분한
그 사이사이가 봄이다

꽃이 핀다
꽃이 진다 분분한
그 사이사이가 꽃이다

삶도
오르막 내리막 분분한
그 사이사이가 인생이다

목련

봄날 아침
길가 떨어진 목련이 묻는다
세상 목마르게
마주하던 날이 얼마이더냐

너와 나
목마르지 아니하면
목마르다 하여도 눈빛 마주 아니 하면
봄은 이렇게 지고 마는 것이다

때늦은 서러움에
울음 아니 없이
홀로 지지 않으려면
봄날엔 목마르도록 사랑할 지어다

인연

세밀 횡단보도
가로 지르는 발걸음
높고 서두나
비행기 꼬리구름이요
바람에 흩날리는 전단지다

높이 살아도
된바람에 세상 마를까
여미는 마음에 꽃구름 피고
낮게 살아도
가랑비에 세상 젖을까
떨리는 가슴에 연꽃 피는 법

눈보다 낮은 눈길로
세상 살피고
발보다 느린 맘 길로
인연 보듬는 인생에
힘줄 끊어져도 기억되는 울림이 있다

대나무

봄바람이
세상 꽃칠 하는 날
무언의 고행 길

우후죽순
대쪽 같다 말들 하지만
헐은 속 누가 알리

마디마디 동여맨 곡절에
베이는 봄바람
비탈 펴렇다

산 1

밑에서 보면 하늘만 보이고
올라서 보면 땅만 보이는
올라가 내려온 자만이 정상을 알고
내려와 되돌아보는 자만이
산을 아는
산

가시

누구나
세상 사노라면
사를 수 없는 가시 하나
가슴 속 박히려니

하지만
그 가시 떨치려 마시라
떨치려하면
숨결 더 하얗게 메마르려니

장미꽃 붉듯이
여민 달빛으로 고이 마주함에
그대의 사막 길
가시 꽃 더 붉게 피어나려니

환복

양복 갈아입은 길
안경닦이 비어있는 와이셔츠에
온 신경 벌떡 사방 수색이다

살다보면 놓치고 사는 것 투성이나
안경닦이 호들갑에 가슴 쓸어내리는
내 인생의 가벼움

새롭게 살아야 낯설게 부딪쳐야
오늘따라 저고리에 안경닦이 둔
아내의 사연이 깊다

상사화

말 한 마디에 굽고
하루해에 세상 저무는데
눈물을 얼마나 고았으면
이토록 곧고
세월을 얼마나 갈았으면
이토록 붉을까

무명의 영혼 하나
받쳐 선
외로운 떨림이여
눈물 마르고 메말라도
세월이 닳고 닳아도
꽃 다시 피울 고운 숨이여

빙산

순수로 피어라
그대 숨결 불살라
하늘 끝낸 뜻
허공 찬바람 난간에
시리도록 벼려
무게 잃은 하얀 육신

말 잃은 침묵
테 잊은 세월
자갈계곡 곱도록 부셔졌으나
나의 이름은
여전히 일각一角
심연 끝 모를 허우적

어디까지
어느 날까지 흘러야
그대 품이련가
녹지도 아니하고
녹아서도 아니 되는
내 운명의 순수여

유서

세상에 꿈이 있다면
그 꿈마저 잠이 들었을 이 밤
한 장의 백지 문밖을 서성인다

사는 것이 그리도
철책 길 미궁이더냐
뜬구름에 뿌려진 씨앗이더냐

채근을 마시라
메아리 없는 물음들
천년은 더 붉게 녹이 슬었다

산 눈으로 사는 것
어떻다 말하는 이가 있다면
그는 아직 산자가 아니다

사는 것은 오직
일기 마지막 페이지 한 줄
하루살이의 유서가 천 번 더 진하다

오늘 밤도
백지 한 장을 채우지 못하는 나는
죽지 못하여 또다시 죽어간다

미스터리

1

세월이 시간보다 더 빠르다

2

인생사 끝내는 사필귀정正이나 끝끝내는 사필귀정情이다

3

물리의 법칙은 속도이고 인간의 법칙은 가속도이다

지리산 편지

하늘 아래 첫 둥지
솔바람 편지에
봄 넉넉히 담으신 까닭은

꽃 피고 새 우는 소리
스치고 살까나
살피는 마음

그 마음
어찌 모를까마는
허겁지겁 내닫는 인생길에

길가 핀
목련마저 숨이 차
쉬 지고 말까 하나니

어리석은 사람도
지혜로워진다는 그곳에
나를 담아 편지 낼까나

산 2

산은 참으로 매정하다
오르는 걸음마다 숨 하나
오르는 봉우리마다 꿈 하나
내려놔야 한다
탈탈 비웠다 싶어도
정수리 딛는 순간
하나 남은 꿈마저 가차 없이 벤다
산은 치열하게 죽어가는 곳이다

산은 참으로 애틋하다
내리는 걸음마다 쉼 하나
내리는 봉우리마다 꿈 하나
올려 보듬는다
거듭거듭 사양해도
대지 딛는 순간
하나 작은 꿈마저 정성으로 살핀다
산은 눈물 나게 살아오는 곳이다

섬진강

정년을 코앞에 둔
집배원 애사에
말도 말을 잃고
눈도 눈을 잃은
섬진강 애사길 저편

지팡이는 끌고
촌로는 밀고 가는
허리 굽은 인생길에
슬픔마저 뜬구름이다

왕갈비

로열가든
노모는 갈비 질기다 아니 들고
아들은 인생 질기지 않는다 아니 드니

황금옥좌 갈비
지가 왕인 양 뻣뻣한지라
말도 가슴도 조아리며 타노라니

아들, 민주공화정에 왕이 어디 있어
갈비 불에 지져 된장에 처박고
생마늘 생고추 가중처벌 한 움큼이니

노모, 왕인 양 갈비 뜯는 아들 모습에
갈비보다 맛있는 웃음 짓노니
모자 말 다시 트고 숨 다시 핀다

3부

편지 1

하얀 백지
마주 앉은 눈동자
사연 장마구름이나
펜은 길을 헤맨다

곡절만큼이나
쓰다 지우고
지우다 다시 쓰나
가뭄 논에 가랑비다

편지는 안다
헤갈 이림없으나
반딧불이 별보다 더 빛나고
눈물이 장미꽃보다 더 붉다는 것을

편지 2

봄 편지는
읽을 수가 없어요
목련 멍울 가슴 불타오른다오
사랑 그대여
봄 편지 하시려거든
강물 실어 내시어
내 마음의 불꽃 적시어 주시옵소서

가을 편지는
읽을 수가 없어요
외로운 홍시 가슴 낙하 모른다오
사랑 그대여
가을 편지 하시려거든
낙엽 실어 내시어
내 설움의 눈물 감싸 주시옵소서

편지 3

나를 보낸다
운명의 감옥 열어젖히고
사하라 백지 사막
밤길 나 홀로
흐르기도 전에
삼켜야 했던 눈물
목마름에 떨리는 초서로

너를 보내줘
오아시스 숨결
하얀 뭉게구름에
운명의 가시 끝
피지도 못하고 접어야 했던
꽃봉오리를 담아
한 모금 마르지 않는 해서로

친구여

세상풍파 노도요
나뒹구는 사연은 검붉어
동작 곡예타고
눈부림 불꽃 튀는 친구여

세상 다 이기려 마시라
숨 붙은 것은 흔들리며 사는 법
한 번도 지지 않으려면
그대가 그대의 천적되느니

세상 다 이기려 마시라
꽃 떨구지 않은 열매 없는 법
한번쯤 져보시면
그대가 그대의 거울되느니

세상 귀한 흔적은
한 번도 지지 않은 것이 아니라
지고 또 지고 또 한 번 져도
다시 선 것임을 잊지 마시라

우체국 애사

그리움 오갈 곳에
생사가 오갔단다

그 떠난 우정 길에
회한은 가득하고

나누는 술잔 속에
눈물만 오다닌다

그러나 슬퍼말자
서글퍼 하지말자

땀 저린 외투 속에
부르튼 발바닥에

새겨진 자국만큼
이별도 사연되어

영원히 빛나리니
영원히 빛내리니

아버지의 새벽

꿈은 고사하고
말 그대로 눈만 붙였다

자명종도 기침 전
어서 눈을 뜬다
녹지 않은 고단함이
고드름처럼 눈썹에 달려있다

눈 틈새 문틈 새
어슴푸레 자식들 잠이 보인다
한 조각 빵을
말없이 삼키며 집을 나선다

아버지의 안개 길에
자식들은 꿈을 꾼다
간밤에 애비가
꾸지 못한 꿈을 꾼다

아버지의 새벽은
그렇게 찬란한 꿈이 된다

딸과 아빠

아빠
나 졸려
잔다

응
사랑하는 딸내미
꿈속에서 별을 따

응
아빠는
달을 따아

응
귀염둥이
내일 아침 밥상에 별 반찬 달 반찬 차리자

우체국사람들 뮤지컬을 마치며

never forget oh my lover

떠날 것 알기에
울지 않으리 다짐했건만
공연 끝나기 무섭게
무대는 화장을 지우고
객석은 썰물

뜨거웠던 가슴
꺼져가는 조명처럼 중력을 잃는데
꽃은 피고 지고
가고 오는 것 따로 있으랴
소리 없이 안기는 스피커 잔설의 메아리

never forget oh my lover

객지

낙엽 지는 가을밤
옷깃 스치는
저기압 향수에
사지四肢 전지된
또 하나의 플라타너스

미혹에 우는 마음
아는지 모르는지
추적대는 가을비에
술도 술잔도 없이
홀로 출렁이는 객지의 밤

여행

거칠 것 없는 듯
바람서리 기꺼이 품어
단풍 화려히 피듯
내 앵글 내려놓고
낯선 거리 낯선 얼굴
구도 없이 담는 것이 여행이라

여행 떠나는 그대여
울긋불긋 눈빛 하나
살랑살랑 숨소리 하나
빛깔 리듬 그대로
춤추고 노래하는
수채화 속 나비 되시어라

아들은 몰랐다

어릴 적 어머니 쪼그려 앉은
시커멓게 그슬린 아궁이
장작불 붙지 않고
연기 자욱했던 사연 몰랐다
그저 어서 솥뚜껑 덜컹대고 눈물이 나면
차려질 한술 밥뿐이었다

돌이켜보면
솥뚜껑은 어머니가 이고 가는
천근만근 세상사
솥뚜껑 눈물은 가눌 길 없는
어머니 한시름이었고
자욱했던 연기는 눈물 아니 보이려는
어머니 사연이었음을 아들은 몰랐다

밥만이 아니다
초사흘 마다 달빛어린 장독대에
떡 한 시루 말간 물 한 대접
종지 쌀에 촛불 하나 밝혀 놓고
구부려 빌고 비는 사연 몰랐다
그저 어서 촛불 끄고
생쌀 한 톨 목 넘기면

차려질 한 덩이 떡뿐이었다

돌이켜보면
한 시루떡은 어머니의 전 육신
한 대접 물은 어머니의 마지막 벼랑이었고
물 없이 삼키시던 생쌀 한 톨은
아들 위한 어머니의 목마른 비원이었음을
철없는 아들은 몰랐다

엄니

엄마
어릴 적 그 말에
엄마는 세월을 열고
나는 숨을 열었는데

어머니
이제는 그 말에
어머니는 세월에 막히고
나는 숨이 막힌다

엄니
그래 찾은 벼랑길 피난처
엄니 세월 잠시 멈춰서고
나는 숨 다시 쉰다

어린 시절

한겨울
찬바람 눈보라 치면
초가지붕 고드름처럼
어릴 적 추억이 피어납니다

문고리 쩍쩍 아침
한조각 이불속 아옹다옹에
일어나라 엄마가 문 열어젖히면
피난도 그런 피난 없었지요

아침 숟가락 놓기 무섭게
손발 얼어 터져도
옷소매 코 훔치며 옥신각신
구슬치기 패치기 점심인 줄 몰랐구요

땅거미 질 무렵
애야 저녁 먹어라
동네방네 엄마목소리
누렁이 더 기뻐 골목 앞서 뛰었구요

긴긴밤 허기지면
여린 등잔불 둘러앉아

찐 고구마 동치미 한 사발에
가난을 녹였지요

요즘세상
백열등에 보일러 난방
추위걱정 잃은 지 오래이나
어릴 적 추억마저 낯설다 떠날까 걱정입니다

우체국의 추석

가을 우체국
너른 앞마당에
산더미처럼 쌓인 소포들

나고 자란 곳도
빛깔도 모양도 제 나름이나
마음은 하나 두둥실이다

내일 모레면
곱디고운 마음씨
고샅고샅 주렁주렁이려니

한가위 세상은
보름 달빛에
휘영청 춤을 추리라

마이산

무슨 곡절이랴
하늘 닿는 고원
천길 난간
상처난 바위 틈새에
일심 하나 일심으로 가부좌 틀었다

탐에
욕을 쌓고 쌓은
탑의 머리채 쥐고 흔드는
까까머리 정적
태풍의 눈, 한 점 허虛다

산 것은 죽고
죽은 것은 살고
찰나는 영겁되고
영겁은 찰나되는
티끌마저 풍비박산 아수라장이다

개벽이 오매
세상은 온통 푸른 바다
물결 잔잔하니
천년을 땅속에 박혔던 울음 하나

붉게 터진다

사람들
말귀를 알아먹었나
티끌이 닳고 닳도록
탑을 지우고 지우며
숨 가빠 넘어온 고개를
숨도 없이 넘어 간다

아들의 군 입대 날

짧은 머리
불안한 눈빛
봄바람도 설익어
연병장은 흙먼지 포연이다

사나이 태어나 훈시도
두둥둥 북소리도
신병 가슴엔
산산조각 파편이다

피 끓는 청춘들
하나의 과녁 향해
던져질 불꽃 몸부림
어찌 삭혀낼 것인지

불가능도
여의치도 않은
아들의 미로에
아버지의 눈빛 말을 머금는다

선택 같으나
인생은 운명 투성이

그 운명 견디고 헤쳐 가는 것
그 하나로도 벅차게 고귀하다고

고드름

엄동과 설한에
초가 매달린 벌거벗은 꼴이라
다들 웃었으나
올망졸망 등잔불 사연에
밤새는 줄 몰랐지

이제는
재개발에 쫓겨
달동네 구석에나 몇 살림 남았나
멍이든 사연들
눈물 삼키며 말이야

나도 이제는
처마 끝 버틸 꿈도 메마르고
다만 하나 걱정은
우리 떠나면 사람들 추억도
눈물 뚝뚝하리라는 것

배꽃

그대 떠나가는 기찻길
그림자마저 눈발에 가물합니다

울렁이노라니
눈꽃 와르르 눈물입니다

차마 잊으라던 그 말
더욱 사무쳐 고드름 되어갑니다

떠나간 그대여
눈꽃 지면 배꽃 피는 인연 잊지 마옵소서

오는 봄날 그대 꽃바람에
내 설움도 눈 녹듯 하시옵소서

송광사

가을 끝자락
단풍은 간데없고
파편만이 찬바람에 떠돈다

휑하니 삐친 마음
대웅전을 비껴가노라니
부처님 일갈이다

어리석다
단풍만이 세상이더냐
나목 선 뜻은 어찌 모르더냐

주장자에
영겁 번뇌 추풍낙엽이라
발걸음 서릿발 나목이다

난 참 바보처럼 살았군요

세월마저도
색 바랜 지하카페
녹슨 레코드판 철로 위로
낙엽 지는 멜로디
중절모 어깨타고 흐르니
목청껏 나서는 노래
난 참 바보처럼 살았군요
나이들수록 시린 진실에
덧없음 가득하나
돌고 도는 가락 따라
바보는 낭만되고
부딪치는 술잔은
색 바랜 세월에 컬러를 더한다

별

까만 밤
하나 둘 피어나는 별
그 별들로 더듬는 기억들

1등성 2등성
빛깔 다르고
목동자리 사자자리
사연 다르나

어느 것 하나
놓칠 수 없는 삶의 화석들
꽃 아니어도 그 향기 짙다

방산方山우체국

검푸른 소양호 지나
세상 끝보다 더 먼 38선 너머
첩첩산중 휘도니

저녁노을 자락
향나무 벗을 삼은
우체국이 손님을 맞는다

외롭고 서슬 퍼런 세월 헤쳐 온
흑백사연들을
국화차 한 잔에 데운다

작별의 사진 한 컷
울렁임은 밤안개 탓만은 아니리니
방산의 제비도 이별 아쉬워함이리라

해미읍성

폐허는 없고
배관만 엉키는 이 시대
낡은 성 하나

옛 사연 새기려
동헌 새 단장 놓았고
해자도 다시 눈을 떴으나

불숙 삐죽
이쑤시개 곁눈 길에
사랑방 총각 외롭고

흔들 건들
사연 잊은 발걸음에
호야나무 설움 떠니

성문 꼭대기, 영 없는 영기 몸부림이다
세월을 아는 자 인생을 알고
폐허를 아는 자 세상을 알리라고

알라스카에 부치는 편지

잘 있는지
광야 개썰매 뜀걸음은
바다 혹등고래 탱고는
산 너머 북극곰 어슬렁은

다들 잘 있는지
만년 시집살이 빙하는
생명 이어 살이 연어는
포구 어부 살이 아낙은

세상은 흘러야
바다가 구름되고 구름이 바다되고
연어가 곰이 되고 곰이 연어되고
내가 네가 되고 네가 내가 되고

온 세상이 흘러야
사랑 또 하나의 눈이 되고
이별 또 하나의 길이 되어
잠 못 이루는 백야의 울음도 그치리

백령도

세파 잊고자
뱃길 멀리 왔건만
스멀거리는 붉은 정적
까나리 액젓처럼 진하다

나그네 하룻밤이야
대수랴마는
따오기 가슴엔
콩돌 천지리니

그 옛날 청, 인당수에 몸 던져
심봉사 눈 띄웠듯이
천안함 용사들 다시 태어나
온 세상 깨치어 내리라

그날엔
나도 다시 와
연꽃 피어나고
따오기 춤추는 모습을 보리라

월출산

눈물 개어 펼친 벌판
지평 끝없고
티끌 비벼 쌓은 바위
하늘에 닿았나니
달 낳은 산고는 또 오죽했으랴

천년만년
굽이치고 휘돈 사연 가득하련만
그저 쉬어가시게
차오르는 달빛 염화미소에
발걸음 가을바람이다

코스모스 1

새벽
길가에 떨어진
코스모스 꽃잎 하나

밤새
할머니 어금니 하나
빠질 때

지상에
소리 없는 천둥이
고요히 왔다갔으리

코스모스 2

밤사이
홀로 사랑 설움에
울었나
마주한 숨결이
그리도 뜨거웠나
이슬 머금은 꽃잎에 반해
살며시
입 맞추려니
파르르
코스모스가
지축을 흔든다

공중전화

댕그랑 숨이 먹고
척척척 숨이 차고
뚜뚜뚜 숨이 우는

공중전화 추억을 잊은 사람은
사랑을 잃은 것이다

사랑을 잃은 그대여
골목길 모퉁이
공중전화 다이얼 돌려 보시라

그리움 다시 흐르고
옛사랑의 목소리
다시 울릴 것이니

꿈을 깨오

게으른
나의 침실 구석 찾아온
눈부신 아침햇살에 꿈을 깨오

달빛 머금은
목련 멍울 사이사이
나비 춤추던 꿈을 깨오

폐허처럼 구겨진
연지곤지
실눈 잠이 들던 꿈을 깨오

차오르는 햇살에
밤새 닳도록 펼쳐온
포르말린 향 산산조각이 나오

실눈으로
수를 놓은 꽃그림도
올올 창백히 녹아내리오

늘 그렇듯
다시 고이 주워 담으오
아침햇살에 녹은 나의 눈부신 꿈을

4부

네가 그립니

보이지도 들리지도 않는
겨우 꿈꾸는 네가
사랑이란 말마저도
넘쳐 서러운 네가
오 세상에 이다지도
네가 그립니

길 잃은
울긋불긋 한바탕 사연
아물지 못할 상처 세월을
내 어찌 살아가라고
오 세상에 이다지도
네가 그립니

밥을 주오

그대여 밥을 주오
그리움에 지친 내 영혼에

넘치지 않도록 주오
그대 그리움 잊지 않도록

두어 숟갈 덜어서 주오
그대 그리움 식지 않도록

죽지 않을 만큼만 주오
그대 그리움에 겨우 살도록

그대여 밥을 주오
내 영혼의 외줄기 밥 그대여

운명

별은 빛나고
봄바람 달콤하건만
떨리는 가슴
소리 없이 울어야 하는 너와 나

알 수도 헤아릴 수도 없는 그림자
사방에 서성되나
운명은 유성이 아니다
우리 가슴 한 움큼 새싹이다

너와 나
물음 없는 눈빛으로
숨결 다할 때까지
하늘 나는 꿈을 피우자

별처럼
빛나지 아니하여도
삭지 않는 바람
하나의 붉은 신화가 되자

블랙홀

까만 밤 처마 끝
경계 없이 걷는 발걸음
숨 녹아내리나
만 번 흔들려도
가야할 곳은 오직 하나
사랑뿐이다

그 사랑
닳고 닳는 그 순간까지
꺼지지 않는 불꽃으로
밤하늘의 별이 되자
너와 나
우리 둘만의 블랙홀이 되자

사랑하오

사랑하오
밤새 뜬눈 아침 이슬 눈동자로
사랑하오
화산처럼 붉게 물든 가슴으로
사랑하오
실오라기 하나 없는 몸짓으로
사랑하오
사랑으로 사랑 그대 사랑하오

사랑하오
머물다가 떠나버릴 바람이라도
사랑하오
품으려면 목에 걸릴 가시라도
사랑하오
깨고 나면 산산조각 꿈이라도
사랑하오
사랑으로 사랑 그대 사랑하오

완두꽃 비가

하이힐로 떠받친
잘록한 허리
볼록한 가슴에
눈길 헤매는데

코끝 스며오는 향기
엊저녁 술자리 분내 같기도 하고
이별이 남기고 간
추억 같기도 한 그 모호함의 미궁 속

사뿐 노랑나비
지축을 출렁일 듯
숨결 뜨겁게 나누는
붉은 연정

아! 완두꽃
그 모호함의 미궁에
헤매어 부르는
내 청춘의 비가여

매미

여름 끝자락
매미의 주검 하나
승강장에 말 없는 맴맴이다

밤샘 비원에도
길 없이 떠난 사랑 서러워
멍든 가슴 퍼렇게 던졌나

끝내 사랑에
이젠 죽어도 천지 온통 길이라
하얀 육신 초연처럼 던졌나

장송인지 찬송인지
오선지 천장을 뚫는
매미들 합창에

사랑이 뭔지
나는 저토록 사랑을 하는 지
혼 걸음 맴맴 사이 기차는 떠났다

또 하나의 그대

사랑하는 그대여 외로워 마세요
그대를 내 눈 문지방에 머물게 함은
가까이 옴이 두려워서가 아니옵니다
그대와 내가 한 몸이 되면
그대를 못 볼까 두려워함이옵니다

사랑하는 그대여 서러워 마세요
그대를 내 마음 한구석에 머물게 함은
가득 차옴이 두려워서가 아니옵니다
그대와 내가 한 마음 되면
그대를 잊을까 두려워함이옵니다

사랑하는 그대여 외로워마세요
서러워도 마세요
나 또한 그대 그리움에 사무치는
또 하나의 그대
또 하나의 사랑이니까요

크레바스

크레바스
알 수 없는 어둠의 골짜기
그건 그대의 눈
나는 그대 그리움에
한 가닥 목숨 불타오르오

크레바스
되돌릴 수 없는 비련의 골짜기
그건 그대의 눈
나는 그대 미련에
한 조각 심장 베어오르오

크레바스
내 사랑의 아물지 않는 흉터
그대여 어서 오오
더 이상 그리움도 미련도 없는
하룻밤 꿈일지라도

알 수 없습니다

알 수 없습니다
바람도 천둥도 없는 이 밤
촛불 흔들리는 까닭을

알 수 없습니다
노트도 잉크도 없는 이 밤
펜 절로 흐르는 까닭을

알 수 없습니다
쉼표도 마침표도 없는 이 밤
백지 더 하얘지는 까닭을

알 수 없습니다
달이 지고 해가 떠도
그대 여기 아니 계신 까닭을

알 수 없습니다
그대 여기 아니 계시나
그대 품에 나 고이 잠든 까닭을

비키니

오늘도
바다는
튜나tuna의 등살처럼 푸르고
태양은
주름 하나 없이 눈부시며
춤추며 입 맞추는
연인들
붉도록 뜨거운데
아
내 청춘의 비키니는
어디로 갔을까?

무주茂朱

눈꽃 바다
물결 투명한 심해다
하얀 드레스의 산호초가 숲으로 피었다

골짜기엔 울긋불긋 몸짓들 꼬리를 물고
연인들은 콧등 붉으레
거친 숨 하나다

곤돌라 마주앉은 외로운 립스틱 선글라스
어서 오오 눈꽃처럼 불꽃처럼
새하얘서 무주 더 붉다

이별 1

세월 목마르다
겨울 한나절 꽃바람
홀로 되 걷는 외로움이오

굶주린 밤 사자의
어슬렁거림에
글썽이는 눈물이오

사랑은 서러워
이별은 지독히도 서러워
어긋 바람에 던지는 외침이오

다시 볼 그날까지
마지막 그 순간까지
밤바다 퍼덕일 그리움이라오

주례사

기쁨의 박수를 칩시다
탄생 가쁜 바람 구김 없이 가꿔온
푸르고 싱싱한 두 청춘
눈부신
오늘의 눈동자에

축복의 박수를 칩시다
거친 세상 밀썰 인연을 운명으로
꽃피어 가겠다는 두 언약
굳센
내일의 발걸음에

찬양의 박수를 칩시다
천지 가득
신비로운 인정으로 엮어내는
이 순간을 선물하신
창조주의 크나큰 은혜에

가을비 사연

산성山城
한 줄기 바람에
우수수 낙엽이 떨어진다
지난밤 고흐의 별들이
몸부림도 잃었다
들국화만이 눈망울 하얗게
떠나가는 가을을 지켜 서 있다
그 옛날 허름한 군복의
산성마루 병사가 그러했듯이

세월 깊어지면
떠나가는 사연을
누구도 묻지 않는다
아무리 그립고 서러워도
뒤돌아보는 눈가에
눈물 결코 아니 보이려는
그 마음 아는 듯
나그네 발걸음 뒤로
후드득 가을비 쏟아져 내린다

늦가을 풍경

저녁노을에
목이 타는 듯
굽이치는 물결

강둑길 사이사이
지나간 시간을 회고하듯
서성대는 나목들

꽃도 풀벌레도
이제는 가을바람마저 떠나간
동구 밖

구부정 촌로
세월 아니 보려는 듯
서둘러 지피는 자욱한 굴뚝연기

눈

밤사이
천지사방 눈 내렸다
이제 그만 아우성 그만들 하라고
눈부시게 내렸다

세상 사람들
말귀 알아먹었는지 발걸음 조심이다
길어야 겨우 한나절 꿈일지라도
눈이 부신 아침이다

눈꽃

꽃 인연
짧다 해도 십일홍인데
간밤에 찾은 님
하루를 머물지 않나니
동트면 떠나는 이치
모르랴마는
어젯밤 수북이 쌓은 정은
어찌하려나
님 떠난
앙상한 겨울가지엔
마알간 눈물만 뚝뚝

낙엽

저기
낙엽 하나 진다
화려한 단장에 불그레 사연 엊그제 같은 데

저기
바람 하나 인다
머무는 곳 그 어딘가 꽃 멍울 하나 피우리리

어느 카페의 풍경

호숫가 카페
달콤한 향기는 떠나고
찻잔마저 식은 지 오래

홀로 구석에 앉은 여인
삭지 않는 미련에
헤이는 밤 끝이 없으니

마감이 지난 벽시계는
불똥이 튈까
조심조심 기어서 가고

턱을 괸 카운터
눈꺼풀을 펴지도 못한 채
고요히 입술을 꿰매고 있다

목이 멥니다

지필 수 없어요
뜨거운 가슴
세상사랑 다 불타버릴까 봐
그저 나 홀로
불사르는 그리움
하얀 목련의 멍울로 집니다

꺼낼 수 없어요
시리운 다짐
세상언약 다 베어버릴까 봐
그저 나 홀로
녹여내는 그리움
초승달빛의 눈물로 집니다

나 홀로
목청 없이 부르는 노래
세상 나 홀로
몸짓 없이 뒹구는 사랑
애가 타도록 목이 멥니다

시월의 마지막 밤에

세월은 바람이런가
이제야 겨우
울긋불긋 끓는다 싶었는데
나부끼는
눈 붉은 작별들
이 밤이 지나면
시린 세월을 또 어찌하나

가을이 떠난다 해도
내일 다 떠나지는 않으리
다 떠난다 하더라도
가슴에 들인 물이
다 바래지지는 않으리
세월은 바람이 아니던가

이별 2

그 봄날
바람은 넋을 잃고
별빛 아우성이었으나
너는 단막 행인처럼 떠났지

이별 이름조차
지워버리는 하얀 이별에
발길 비켜선 가로등도
차마 눈을 감았지

홀로 그림자
못다 핀 꽃봉오리
산산 조각들을
어둠 더듬어 이어 붙였지

꽃봉오리
꽃피지 아니 못해도
너와 나 온통 봄이었다고
세상이 온통 봄이었다고

눈 2

눈이 내린다
오고 가는 발걸음에
날개 잃은 잿빛 눈망울로
지문을 새긴다
밟히는 꽃잎 무언의 주검으로
세상 그 얼마나 한눈팔며 살고 있는지
눈 씻고 보라는 듯

하염없이 내린다
오고 가는 눈 걸음에
보름 안은 달빛눈망울로
지문을 지운다
함박 눈물 소복 삼킴으로
세상 그 아무리 설움 가득 하더라도
눈 지그시 잊고 살라는 듯

홍시 1

넙죽 이라느니
떨떠름하다느니
듣기 싫은 소리에 속 타는 가슴
퍼렇게 멍이 들었으나
땡볕에 물지게 이고지고
서리 등살에 눈물 훔치며
하늘 난간 올라 빚은
세상 더없는 윤빛이어라
가을하늘 기억하는 자
가슴에 별이어라
붉은 별이어라

홍시 2

세상 꼭대기 난간
속살을 에는 서릿바람에
모두 다 떠나간 허무에도
입 꼭 다문 채
날밤 온몸을 불사르던 별 하나
바람 없이 떨어지는
선혈이 낭자하다
그 붉은 핏자국이 새기는
비문은 말이 없으나
지축을 뒤흔드는 파문에
세상은 가슴 시퍼렇게 멍이 든다

사계

봄

봄, 들으면 봄이 오고
봄, 보려면 봄이 간다

여름

바다를 보려는가
열어라 어서 그대 가슴의 바다를

가을

익어라
낙하 두려워 익지 않는 가을은 없다

겨울

세월은 눈 속에 묻고
사연은 가슴 속에 품고

갈대

외로운 순정
강물 다하도록
목마르게 기다렸건만
무심히 지나쳐간 가을바람 서러워
굽어진 허리도 펴지 못한 채
서글피 우는 갈대

가을바람 모두 떠나면
파아란 하늘로
하얗게 산화할 목숨
세상 누구만 그리는
세상 누구만 모르는
갈대의 순정

건배사

붓거니 마시거니
권 커니 자 커니
서녘 놀 만큼이나
거나하게 불거진 술상
이제는
이마 주름 계곡
귀밑 세월이끼를 뚫고
술 길 따라
지천명 술술 나오려느니
허리띠 풀고 숨 뉘며 기다리는데
인생 뭐 있어
술이나 마셔
거문고줄 끊어내는
외마디 의문사에
알코올은 혼비백산
인생도 오리무중이라
매만지는 안경에
묻어나는 지문 속
창 밖 오동잎도
곡조를 잃고 길을 헤맨다

해설

해인海印의 길, 사랑의 길

오홍진 문학평론가

해인海印의 길, 사랑의 길

오홍진 문학평론가

김병수의 시는 일상에 뿌리를 내리고 있다. 「요즘세상」에 나타나는 대로, 그는 "형님 먼저 아우 먼저/ 둥글둥글 호박 같은 세상"을 꿈꾼다. 둥글둥글한 세상은 어찌 보면 우리가 사는 일상과 가장 먼 자리에 있는지도 모른다. 시인의 말마따나, 이 세상은 눈길 하나에도 칼부림이 나는 살벌한 사회가 되어버렸기 때문이다. 사람마다 상황을 지그시 바라보는 여유가 없다. 여유가 없다 보니 사람들은 조금이라도 무시당한다 싶으면 폭력과 욕으로 그에 대응한다. 그런 상황이 왜 벌어졌는지 생각하지는 않고 큰소리로 상대를 윽박지르려고만 한다. 무한 경쟁을 무엇보다 중시하는 사회구조와 그대로 빼어 닮았다고나 할까? 이런 세상에서 어떻게 형님 먼저, 아우 먼저와 같은 "고서점 동화童話 속 얘기"가 가능할 수 있을까?

고서점 동화 속에나 있는 이야기는 일상 너머에서 빛나고 있다. 어떻게 하면 일상 너머로 나아갈 수 있을까? 모순

적으로 들릴지 모르지만, 일상을 거치지 않고는 절대로 일상 너머로 나아갈 수 없다. 눈길 하나에도 날이 서는 일상을 겪은 사람들은 늘 마음속에 둥글넓적한 삶에 대한 향수를 품고 있다. "호박 같은 세상"이란 사람들 마음 깊이 새겨진 이상향과 같은 것이다. 그 꿈이 살아 있는 한, 사람들은 일상 너머로 나아가는 꿈을 포기하지 않는다. 날이 선 일상을 살기에 동화 속 같은 세상을 사람들은 상상한다고나 할까? 보이는 세상을 통해 보이지 않는 세상으로 나아가는 시작詩作 역시 이와 다르지 않은 맥락을 지니고 있다고 봐야 할 것이다.

살면서
똥 밟는 서러움은
구린내가 아니다
똥 밟는 순간 누구나
세상의 똥이 되기 때문이다

살면서
똥 밟지 않는 자 없다
한 번도 똥 밟지 않은 자는
산 자가 아니다
그야말로 세상의 진짜 똥이다

살면서
똥 밟는 것 두려워마라
두려움은 세상 가장 구린 똥

꽃 붉게 피우려는 자
똥밭길 먼 새벽을 걷는다
—「똥」 전문

일상에 집착하는 사람들은 똥을 싫어한다. 길을 가다가 똥을 밟으면 사람들은 쌍욕부터 내지른다. 더러운 것을 밟았기 때문이다. 똥이 더러운 이유는 무엇일까? 냄새 때문일까? 사실 농경사회에서 똥은 농사지을 땅을 살리는 자양분으로 인정을 받았다. 땅을 통해 먹을거리를 얻은 생명은 똥을 배출함으로써 땅을 기름지게 했다. 자연 순환의 맥락에서 보면, 우리가 먹는 밥은 우리가 싸는 똥과는 떼려야 뗄 수 없는 관계를 형성해 온 셈이다. 그런 똥을 지금 사람들은 그 무엇보다 싫어한다. 농경사회가 산업사회로 바뀌면서 똥은 저 멀리로 내쳐야 할 '더러운 것'으로 변했다. 이제 안방만큼이나 안락한 화장실에서 사람들은 똥을 처리한다. 문명은 똥을 보이지 않는 사물로 만들어버림으로써 깨끗한 근대의 위생학을 정립하려고 한 것이다.

위 시에서 시인은 "살면서/ 똥 밟는 서러움은/ 구린내가 아니다"라고 선언한다. 구린내쯤이야 시간이 흐르면 자연스레 사라진다. 문제는 깨끗함을 지향하는 이 사회 곳곳에 사람들이 그토록 싫어하는 똥이 널려 있다는 점에 있다. 다만 우리 눈에 보이지 않을 뿐이다. 깨끗한 문명은 '더러운 것들'을 모두 보이지 않는 곳으로 내몰았다. 눈에 보이는 세상은 깨끗해졌을지 몰라도, 눈에 보이지 않는 세상은 그만큼 더 더러워졌다. 지하수 오염이니 하는 현상이 허투루 나오는 게 아니다. 깨끗한 문명을 선호하는 인간은 더러운 것들을 자연으로 내몰아버린다. 눈에만 보이지 않으면 더러운 것이 사라진다고 생각하는 것일까?

이제 더러움을 대표하는 똥은 두려운 대상이 되었다. 물론 '똥이 무서워서 피하나 더러워서 피하지' 하는 말에 드러나듯, 사람들은 똥이 결코 두려운 대상이 아니라는 점을 스스로 각인시키기도 한다. 두렵지만 두렵지 않은 똥이라는 역설을 시인은 "한 번도 똥 밟지 않은 자는/ 산 자가 아니다"라는 구절로 표현하고 있다. 똥은 살아 있음을 나타내는 표지라고 할 수 있다. 모든 생명의 삶이란 게 먹고 싸는 과정을 반복하는 것이 아니던가. 생명에게 가장 가까운 사물인데도, 사람들(정확히는 근대인)은 자꾸만 똥과 거리를 두려고 한다. 두려워하기까지 한다. 활활 타는 불이나 난폭한 물에 대한 원초적인 두려움과는 다른 이 정서가 어찌 보면 "요즘세상"을 상징하는 표지가 될 수도 있겠다.

시인은 "살면서/ 똥 밟는 것 두려워마라"고 힘차게 외치고 있다. 똥을 무서워하는 사람은 무엇보다 더러운 것을 싫어하는 사람이라고 할 수 있다. 무서운 것과 더러운 것은 사실 같은 것이 아니다. 이 둘을 하나로 인식하는 순간, 우리는 근대가 퍼뜨린 지독한 편견=욕망에 빠져들게 된다. 근대는 깨끗한 것과 더러운 것을 확연히 구분한다. 깨끗한 것은 좋고, 더러운 것은 나쁘다. 시비를 나눌 수 없는 사물에 시비를 부여함으로써 근대인은 똥과 같은 사물들에 더러움의 표지를 붙였다. 깨끗한 근대인이라는 표상에서 벗어나면 '인간'으로 대접받을 수 없는 상황이 결국은 농경 사회의 전통과 맞물려 있는 똥을 부정하는 결과를 낳은 셈이다.

똥에 대한 (심리적) 두려움은 따라서 똥을 더러운 것으로 부정하는 이 마음을 내려놓아야만 비로소 떨쳐낼 수 있다. 시인은 "똥밭길 먼 새벽을" 걸으면서 "꽃 붉게 피우려는 자"에 주목한다. '똥밭길'은 우리가 사는 일상 세계를 표현한 말이라고 할 수 있다. 똥 한 번 밟지 않고 어떻게 똥 천지의 이 세상을 살 수 있을까? 시인은 똥에 대한 두려움을 떨쳐내려면 똥밭길 속으로 서슴없이 들어가야 한다고 강조한다. 똥밭길을 마다않고 걷는 사람만이 한 송이 붉은 꽃을 제대로 피울 수 있다. 더러운 세상을 더러움 그 자체로 받아들이려는 의지를 시인은 더러움의 대명사로 불리는 똥에 새로운 맥락을 집어넣음으로써 분명히 표출하고 있는 것이다.

깃대 높고 높으나
한 조각 깃발 하나 없다
그저 어서 오라
세상 펄럭이고 싶은 것들이여
몸짓 없이 말하고 있다

호수 넓고 넓으나
한 바람 물결 하나 없다
그저 어서 오라
세상 흐르고 싶은 것들이여
소리 없이 노래하고 있다

피어나는 것
꽃봉오리 아니라도

하나 눈동자
마주하는 숨결 있어
세상은 오늘도 하루 숨을 쉰다
—「깃대」 전문

위 시에서 시인은 보이는 대상에만 집착하면 볼 수 없는 사물에 대해 이야기하고 있다. 사람들은 보이는 것에서 진실을 찾으려고 하지만, 사실 진실은 언제나 보이는 것 너머에서 뻗어 나오기 마련이다. 보이는 것에 매여 진실을 왜곡하는 사람들이 얼마나 많은가? 1연에서 시인은 한 조각 깃발도 없는 높디높은 깃대를 묘사한다. 말 그대로 이해하면, 깃대에는 깃발 하나 달려 있지 않다는 의미가 된다. 깃발이 없는 깃대를 보며 시인은 "세상 펄럭이고 싶은 것들"을 상상한다. 깃대는 그 존재만으로 바람에 펄럭이고 싶은 것들을 불러들인다. 아무런 몸짓도 없이 깃대는 어딘가에 있을 수많은 깃발들을 향해 "그저 어서 오라"고 소리 없이 외친다. 보이는 것 너머를 보지 않으면 결코 들을 수 없는 소리라고 하겠다.

2연에는 넓고 넓은 호수가 나온다. 바람이 불지 않아서 물결은 참으로 고요하다. 시인은 겉으로 보면 잔잔해 보이는 호수가 "세상 흐르고 싶은 것들"을 향해 "그저 어서 오라"고 소리 없이 노래하는 걸 온몸으로 듣는다. 깃발이 없는 깃대는 바람을 따라 펄럭이고 싶은 것들과 이어져 있고, 잔잔한 호수는 끊임없이 흐르고 싶은 것들과 이어져 있다. 보이는 대상에 집착하는 사람은 무엇보다 그 이면에서 새로운 삶을 꿈꾸는 존재들을 들여다보지 못한다. 지금 우리가 숨을 쉬며 살아가는 건 어찌 보면, 보이지 않는 사물들이 내뿜는 숨결 때문인지도 모른다. 숨을 쉬는 생명이라는 이유만으로 모든 생명은 보이지 않게 서로 연결되어 있다는 얘기겠다.

한 생명이 다른 생명과 이어져 '온생명'이 되는 자연 이치는 똥을 두려워하는 마음과 대비되는 자리에 놓여 있다. 자연 이치로 보면 똥은 더러운 것도 깨끗한 것도 아니다. 사람들은 밥과 똥을 다른 것으로 구분하려고 하지만, 앞서 말한 대로 밥과 똥은 자연이 순환하는 과정을 그대로 내보이고 있을 뿐이다. 따라서 밥만 보고 똥을 보지 않으면 생명이 살아가는 이치를 전혀 이해할 수 없다. 깃대는 펄럭이고 싶은 깃발이 있음으로써 깃대가 되고, 넓고 넓은 호수는 흐르고 싶은 것들이 있어 호수가 된다. 깃대가 어떻게 깃대만으로 존재할 수 있으며, 호수가 어떻게 호수만으로 존재할 수 있겠는가?

울음은 신의 은총
그 은총에 사랑모험 있나니
잃어버린 울음
다시 울어 젖힐 때
애기울음도 다시 피어나리라
—「저출산 단상」 부분

저기 들꽃을 보는 이여
그저 흔한 꽃이라 마시오라
흔한 꽃이야말로

더 짙은 향기로 피노라니
그 향기에
그대 가슴 속 눈꽃이 필 때
그 꽃을 보리오라
—「사연」 부분

그때는
보지도 않았고
보고 싶지도 않았다

이제는
보고 싶어도 보이지 않고
보려하니 더욱 아니 보인다
—「그림자」 전문

「저출산 단상」에서 시인은 시간이 흐를수록 심각해지는 저출산 문제에 대해 이야기하고 있다. 골목에서 아기 울음소리가 그친 지는 오래되었다. 아기 울음소리가 없는 세상에서 어떻게 미래를 꿈꿀 수 있을까? 아이 하나 제대로 키우려면 헤아릴 수 없이 많은 돈이 든다. 많은 이들이 저출산을 걱정하지만, 정작 아이를 낳아야 하는 젊은 세대는 사는 일만으로도 등허리가 휠 정도다. 아예 비혼非婚을 선언하는 청년들이 많아지는 상황을 보면, 아기를 낳는 일이 곧 애국이라는 추상적인 말로 이 문제를 해결하는 건 어려워 보인다. 시인은 이 시의 3연에서 저출산의 진짜 이유를 “울음 잃은 때문 아닐까”라고 쓰고 있다. 전쟁 같은 하루를 보낸 사람들은 울음을 터뜨릴 힘조차 잃어버렸다. 하루하루를 전쟁처럼 사는 청춘들이 어떻게 내일을 계획할 수 있겠는가?

"울음은 신의 은총"이라고 시인은 말하고 있다. 울 수 있는 시간이 있다는 건 자기를 들여다볼 시간이 있다는 것을 의미한다. 요컨대 저출산 문제는 물질적인 성공을 최고로 치는 사회구조를 근본적으로 바꾸지 않는 한 풀 수 없는 난제라고 할 수 있다. 하루하루 일에 치인 청년들은 자신이 살아온 날을 되돌아보지도 않고, 자신이 살아갈 날을 상상하지도 않는다. 그들에게 오늘 하루는 다음 날을 살기 위해 일해야 할 시간에 불과하다. 오늘에 붙잡힌 청년들은 결혼을 하고 아기를 낳는 내일을 꿈꿀 수가 없다. 먹고사는 자연 이치가 해결되지 않는데 어떻게 그 다음 문제를 생각할 수 있을까? 총칼을 들고 싸우는 곳만 전쟁터인 게 아니다. 내일이 없이 오늘만 사는 지금 이곳의 청년들은 전쟁터보다 더한 곳으로 이 사회를 느끼고 있다.

삶에 지쳐 울고만 싶은 청년들은 그러나 울음을 터뜨릴 수조차 없다. 울음을 터뜨리는 순간 '오늘'이라는 시계視界 밖으로 곧바로 퇴출당하기 때문이다. 자본주의는 자본을 증식할 능력이 있는 사람들만 인재로서 대접한다. 시간이 곧 돈이 되는 이 사회에서는 울음을 터뜨릴 시간마저도 돈으로 계산된다. 시인은 「사연」에서 지천에 핀 들꽃을 그저 "흔한 꽃"으로 보지 말라고 강조한다. 흔한 꽃일수록 더 짙은 향기를 풍긴다는 게 그 까닭이다. 시인의 이런 생각은 자본의 논리가 지배하는 사회에서는 근거 없는 낭설로 치부될 뿐이다. 자본은 흔한 꽃이 피우는 짙은 향기보다 보기에 화려한 꽃만을 선호한다.

흔한 꽃이 내뿜는 짙은 향기를 맡으려면 흔한 꽃에 스민 진실을 알아챌 마음을 품고 있어야 한다. 시인의 말마따나, "그대 가슴 속 눈꽃이 필 때/ 그 꽃을" 볼 수 있는 것이다. "가슴 속 눈꽃"과 "더 짙은 향기"는 같은 맥락에 놓인 시구들이라고 할 수 있다. 시비를 구분하는 근대인은 무엇보다 사물을 들여다볼 수 있는 눈과 사물의 향기를 맡을 수 있는 코를 잃어버렸다. 감각의 부재라는 말로 이 상황을 표현하면 어떨까? 사물에 대한 감각이 없는 존재가 어떻게 사물이 내보이는 깊이를 이해하는 사람이 될 수 있을까? 가슴 속 눈꽃에 관심이 없는 사람은 당연히 흔한 꽃이 풍기는 짙은 향기에도 관심이 없다. 그의 관심은 오로지 자신에게만 향해 있다. 지독한 나르시시즘이 지배하는 근대사회는 이러한 과정을 통해 형성되었다고 봐도 좋을 것이다.

「그림자」에서 시인은 "그때는 보지도 않았고/ 보고 싶지도 않았"던 진실이 "이제는/ 보고 싶어도 보이지 않고/ 보려하니 더욱 아니 보"이는 현실을 침통한 마음으로 드러내고 있다. 그때 그는 어떤 진실을 보지 않으려고 한 것일까? 그리고 지금 그는 어떤 진실을 보고 싶어 하는 것일까? 흔한 꽃은 늘 우리 곁에서 짙은 향기를 내뿜었다. 여기저기서 풍기는 그 향기에 젖은 사람들은 바로 그 때문에 흔한 꽃에 주목하지 않았다. 아무런 반응을 보이지 않아도 짙은 향기는 영원히 곁에 있을 것이라고 생각했다. 어느 순간 사람들은 그 향기가 사라진 것을 느꼈고, 그것이 얼마나 소중한 것인가를 비로소 깨달았다. 깨달음은 늘 늦게 온다고 하던가.

그래서일까, 김병수의 시에는 하찮은(?) 것들에 관심을 기울이는 시인의 시선이 두루두루 나타난다. '하찮은'이라는 말을 썼지만, 사실 이 말에도 사물을 시비로 나누는 근대의 인식론이 그대로 반영되어 있다. 흔한 꽃은 하찮은가, 하찮지 않은가? 자연 이치로 보면 흔한 꽃은 그저 흔한 꽃일 따름이다. 자연이 피워낸 생명이라는 얘기다. 「담배꽁초」에 나타나는 대로, 이 세상에 있는 모든 사물들은 "육신은 삭아도/ 끝내 마르지 않을/ 인연 보듬은 인생의 화석들"을 간직하고 있다. 시인은 담배꽁초에 귀를 대어본다. "속쓰린 연기처럼/ 구부정 피어나는 검붉은 사연들"이 들려온다. 사물들 저마다 '사연들'을 지니고 있다. 어떤 사연을 품은 사물이든 그 자체로 존중받을 가치가 있는 것이다.

누구나
세상 사노라면
사를 수 없는 가시 하나
가슴 속 박히려니
—「가시」 부분

돌이켜보면
솥뚜껑은 어머니가 이고 가는
천근만근 세상사
솥뚜껑 눈물은 가눌 길 없는
어머니 한시름이었고
자욱했던 연기는 눈물 아니 보이려는
어머니 사연이었음을 아들은 몰랐다
—「아들은 몰랐다」 부분

나도 이제는
처마 끝 버틸 꿈도 메마르고
다만 하나 걱정은
우리 떠나면 사람들 추억도
눈물 뚝뚝하리라는 것
—「고드름」 부분

「가시」에서 시인은 가슴 속에 박힌 "사를 수 없는 가시 하나"를 말하고 있다. 손가락에 박힌 작은 가시에도 사람들은 호들갑을 떤다. 다른 사람 몸에 박힌 가시라면 모를까, 자신의 가슴에 박힌 가시라면 어떻게든 그것을 뽑아내려고 사람들은 분주히 움직이리라. 그런데 시인은 2연에서 "그 가시 떨치지 마시라"라고 힘껏 외친다. 떨치면 떨칠수록 숨결이 더 하얗게 메마를 것이라는 게 그 이유이다. 장미는 가시를 품고도 아름다운 꽃을 피운다. 장미에게 가시는 가슴에 박힌 칼이 아니라 더불어 살아야 할 존재라고 할 수 있다. 가시가 없는 장미를 상상해 보라. 가시가 있어 장미꽃은 더더욱 붉은 빛을 내뿜는지도 모른다.

사물이 놓인 상황을 들여다보지 않으면 그 사물이 왜 그 자리에 있는지 제대로 알 수 없는 법이다. 「아들은 몰랐다」를 참조하면, 시간이 흐르고 나서야 아들은 솥뚜껑이 "어머니가 이고 가는/ 천근만근 세상사"라는 걸 깨닫는다. 어릴 적, 아들은 그슬린 아궁이에 쪼그려 앉아 습기 찬 장작불이 피워내는 자욱한 연기를 피하지 않던 어머니의 마음을 알지 못했다. 정확히 말하면 아들의 관심은 오로지 "차려질 한술 밥뿐이었다"(같은 시 1연). 시간이 흘러 아들은 그때의 어머니 나이가 되고서야 "솥뚜껑 눈물은 가눌 길 없는/ 어머니 한시름이었고/ 자욱했던 연기는 눈물 아니 보이려는/ 어머니 사연이었음을" 비로소 알게 된다. 시간이 알려주는 것이 아니냐고? 아니다. 어머니 자리에 서지 않으면 시간이 흘러도 아들은 어머니의 이 마음을 알아채지 못했을 것이다.

초사흘마다 어머니는 어김없이 달빛어린 장독대에 물 한 대접을 올려놓았다. 그 마음을 헤아리려면 아들은 어머니와 같은 나이를 먹고, 어머니와 같은 마음으로 자식을 바라보는 상황에 처해야 한다. 어머니가 하는 행동을 이해하지 못한 어린 아들을 비난할 이유는 없다. 어머니 또한 아이일 때는 그것을 이해하지 못했을 테니까. 어른이 되는 일을 (정신의) 성장과 연결하는 까닭이 무엇이겠는가? 나이를 먹으면서 우리는 어릴 때는 이해하지 못했던 일들을 하나하나 이해하기 시작한다. 아버지의 입장에서 그때의 아버지를 생각하고, 어머니의 입장에서 그때의 어머니를 생각한다. 철없는 아들은 그렇게 철이 들어 아버지, 어머니와 같은 마음으로 다음 세대를 바라보게 되는 셈이다.

어머니의 마음은 아들이 성장하면 애틋한 추억으로 남는다. 어머니를 이해하는 아들의 마음은 그러니까 어머니를 추억하는 애틋한 마음에서 비롯된다. 어머니에서 아들로 이어지는 이 마음이 사라지면 어떻게 될까? 「고드름」에서 시인은 재개발에 쫓겨 정든 이들과 헤어져야 하는 철거민들을 시 세계로 불러내고 있다. 그들은 고드름을 보며 "엄동과 설한에 초가 매달린 벌거벗은 꼴이라"(같은 시 1연) 웃고 있지만, 그 속에는 눈물을 삼키며 들어야 하는 "멍이든 사연들"(같은 시 2연)이 내포되어 있다. 그 사연들을 곱씹으며 사람들은 이웃과 한마음이 되어 지금까지 살아왔다. 재개발이 되면 멍이든 사연들을 그 누구와 나눌 수 있을까? 사람이 사는 세상에서 정작 사람은 사라지고 개발만 남은 현실이 시인은 참으로 안타깝기만 하다.

오직 하나
해인海印 물음 나서는 길
꼬치꼬치 사방 채근에
그 물음 녹이 스는 그대여

지방紙榜 무너져도
그 물음 불타는 날
생사 종횡 티 없이 가늠하여
인연 다시 세우고

시작詩作에 잉크 흘러도
그 물음 눈 녹는 날
묵힌 시어들 새로 닦아
꿈 다시 지피면 되는 것

해인 길
새 길은 오직 하나
나조차도 놓고 떠나는
그 물음 하나로 열린다네
—「출가」 전문

사람들이 떠난 길 위에서 시인은 "해인海印"을 묻는다. 해인은 지혜의 자리를 가리킨다. 부처가 되어야만 이를 수 있는 자리가 해인이니, 이 경지에 이르려면 사물을 시비하는 마음 자체를 내려놓는 지난한 과정이 필요하다. 해인을 묻는 일은 그러므로 시간을 거슬러 사는 일과 다르지 않다. 사람들은 해인에 이르는 길을 꼬치꼬치 물어대지만, 사실 해인에 이르는 탁발한 방법이 따로 있는 것은 아니다. 누구는 괴성을 지르며 깨달음의 길을 찾았고, 누구는 차 한 잔 기울이는 시간을 즐기며 깨달음의 길을 찾았다. 스승이 거침없이 휘두르는 몽둥이에 머리를 맞고 이내 깨달음에 이른 선사도 있다. 그만큼 해인으로 가는 길은 다양하고 또 다양하다.

시 제목인 '출가出家'는 집을 떠나 새로운 장소로 가는 것을 말한다. 집만큼 안락한 곳이 어디에 있을까? 집을 떠난다는 건 그러므로 안락한 삶을 포기하는 것과 다르지 않다. 부처 또한 안락한 일상을 포기하고 고통스런 수련을 시작하지 않았는가. 시인은 마음속에 오로지 '해인' 한 단어만 품고 출가를 한다. 진리의 바다에 이르려면 멀고도 먼 길을 홀로 걸어가야 한다. '집'을 통해 얻은 모든 지식들은 내버리고 길 위에서 하나하나 새로운 자양분을 얻어야 한다. 물론 길 위에서 얻은 것들 또한 시간이 흐르면 자연스레 내버릴 줄 알아야 한다. 길이 있어 길을 가는 것이지 무언가를 얻기 위해 길을 걷는 게 아니라는 진실을 시인은 "그 물음 불타는 날/ 생사 종횡 터 없이 가늠하여/ 인연 다시 세우고"라는 구절로 표현하고 있다.

해인으로 가는 길은 오직 하나밖에 없다. 길 밖에 길이 있다고 사람들은 말하지만, 그것은 오직 한 길을 찾은 사람이 될 때만 이해할 수 있는 경지라고 할 수 있다. 길 밖에 길이 있다면, 길 안에도 길이 있어야 한다. 안에서 찾지 못한 길을 어떻게 길 밖에서 찾을 수 있을까? 길 밖과 길 안은 이리 보면 둘이면서 하나인 관계를 이룬다. 길 밖에 길이 있으므로 길 안에도 길이 있다. 길 안에 길이 있으므로 길 밖에도 길이 있는 것이라고 말해도 좋겠다. 하나가 둘이 되고, 둘이 모든 것이 되는 자연 이치는 해인으로 가는 길 위에서도 그대로 적용된다. 해인으로 가려면 "나조차도 놓고 떠나는/ 그 물음 하나"를 마음에 품고 길을 걸어야 한다.

시인은 해인으로 가는 길 위에서 시작詩作으로 가는 새로운 길을 열려고 한다. 해인으로 가는 길을 두껍게 덮은 눈이 녹는 날, "묵힌 시어들 새로 닦아" 시의 꿈을 지필 거라고 넌지시 다짐하기도 한다. 물론 눈이 녹는 날은 기약이 없는 날이라고 할 수 있다. 기약이 없는 그 날을 꿈꾸며 시인은 오늘도 묵힌 시어들을 새로 닦아 시를 쓰고 있다. 언어를 갈고 닦는 것을 '조탁彫琢'이라고 하던가. 해인에 이르는 길이 하루아침에 이루어지지 않듯, 언어를 조탁하는 일 또한 하루아침에 이루어지지 않는다. 시인에게 시를 쓰는 일과 해인으로 가는 길은 다르지 않다. 언어를 제대로 묵혀야 새로운 시를 쓸 수 있다.

「코스모스 2」를 보면, 코스모스가 지축을 뒤흔들며 파르르 떠는 장면이 나온다. 이슬 머금은 꽃잎에 반한 사람이 입을 맞추려 하자 코스모스는 온몸을 떨면서 그에 반응한다. 코스모스 하나가 지축을 흔드는 힘은 다른 생명과 하나가 되는 숨결로부터 뻗어 나온다. 김병수는 무엇보다 저마다

의 생명들이 내뿜는 이 숨결을 묵히고 묵힌 시어로 표현하려고 한다. 묵힌 시어가 아니라면 어떻게 지축을 뒤흔드는 코스모스의 강력한 숨결을 품어낼 수 있을까? 「눈꽃」에서도 시인은 한밤 수북이 쌓인 정으로 "마알간 눈물만 뚝뚝" 흘리는 앙상한 겨울가지를 우리 앞에 펼쳐낸다. 생명과 생명을 하나로 잇는 힘은 바로 정情에서 나온다. 「블랙홀」에서 시인은 이 정을 '사랑'이라는 말로 달리 표현한다. 아쉬운 마음으로 눈꽃을 보내는 앙상한 겨울가지의 그 마음이 사랑이 아니면 무엇일까.

넙죽 이라느니
떨떠름하다느니
듣기 싫은 소리에 속 타는 가슴
퍼렇게 멍이 들었으나
땡볕에 물지게 이고지고
서리 등살에 눈물 훔치며
하늘 난간 올라 빛은
세상 더없는 윤빛이어라
가을하늘 기억하는 자
가슴에 별이어라
붉은 별이어라
—「홍시 1」 전문

하늘 난간 서릿바람에
모두 다 떠나간 허무에도
입 꼭 다문 채

날밤 온몸을 붉게 물들이던
떨어지는 홍시 하나
선혈이 낭자하다
그 붉은 핏자국이 새기는
장렬한 비문은 말이 없으나
지축을 뒤흔드는 파문에
세상은 가슴 시퍼렇게 멍이 든다
—「홍시 2」 전문

「홍시 1」을 따르면, 홍시는 퍼렇게 멍든 몸으로 내리쬐는 땡볕을 받아내고, 차가운 서리 등살에 눈물을 훔치는 과정을 겪으며 "붉은 별"이 되었다. 때가 되면 고개를 숙이는 벼처럼, 홍시는 때가 되면 안으로 무르익어 달디 단 열매로 다시 태어난다. 퍼렇게 멍든 몸이 땡볕과 서리를 거부하면 결코 홍시가 될 수 없다. 홍시는 그러니까 한여름의 땡볕과 늦가을의 차가운 서리를 온몸으로 품어 안아 제 몸을 익힌다. 익을수록 더욱 부드럽고 달달해지는 이 홍시를 시인은 "세상 더없는 윤빛"이나 가을하늘을 기억하는 "붉은 별"로 표현한다. 퍼렇게 멍든 몸이 홍시가 되는 과정에는 자연 이치가 스며들어 있다. 자연은 그 속에 사는 생명들을 극한의 상황으로 내몰아 스스로 제 삶을 이루도록 돕는다. 극한의 고통을 경험한 생명이 살아남아 다른 생명을 낳는 원동력이 된다고나 할까?

모든 생명이 떠나간 허무의 계절에도 홍시는 꿋꿋이 서릿바람을 견딘다. 까치밥으로 외로이 남은 홍시는 입을 꼭 다문 채 아무렇지 않은 듯 차가운 날밤을 보낸다. 「홍시 2」에서 시인은 땅에 떨어져 선혈이 낭자한 홍시 하나를 들여다 보고 있다. 붉은 핏자국은 아무 말도 없이 그저 붉은 몸으로 자기 존재를 증명하고 있다. 하늘에 뜬 "붉은 별"(「홍시 1」)은 땅 위로 내려와 "붉은 핏자국"으로 새겨졌다. 붉은 핏자국을 따라 지축을 뒤흔드는 파문이 일어난다. 한 생명이 일으키는 거대한 파문에 물들어 "세상은 가슴 시퍼렇게 멍이 든다". 아쉬운 마음으로 눈꽃을 보내는 앙상한 나뭇가지의 마음이 여기서도 느껴지지 않는가. 생명은 이렇게 다른 생명을 온몸으로 받아들임으로써 자신이 뻗어 나온 근원을 비로소 깨닫게 되는지도 모르겠다.

생명과 생명을 가로지르는 이 근원을 시인은 「갈대」에서 "외로운 순정"이라는 시구로 표현하고 있다. "무심히 지나쳐간 가을바람이 서러워/ 굽어진 허리도 펴지 못한 채/ 서글피 우는 갈대"는 김병수 시를 관류하는 사랑의 시학을 에둘러 드러내고 있다. 시인은 갈대의 시선으로 세상 속 사물들을 바라본다. 땅에 떨어진 홍시 하나에서 가슴 시퍼렇게 멍이 든 세상을 상상하는 장면을 보라. 홍시만 그럴까? 똥이 그렇고, 담배꽁초가 그렇고, 가시가 그렇고, 눈꽃이 그렇다. 그 모든 사물들을 온몸으로 끌어안고 김병수는 해인으로 가는 시의 길을 묵묵히 걸어간다. 해인으로 가는 길에 시가 있다. 시로 가는 길에 진리의 바다가 넘실거린다. 해인이 곧 시가 되고, 사랑이 곧 시가 되는 길을 시인은 그 존재만으로도 지축을 뒤흔드는 숱한 생명들과 함께 걸어가고 있는 것이다.

김병수

김병수 시인은 1962년 충남 논산에서 출생하여 성균관대와 네덜란드 암스테르담대 등에서 공부했다. 행정고시 30회 출신으로 정통부, 지경부, 국무총리실, 우정사업본부 등에서 근무하였다. 2020년 계간『계간문예』로 등단하였고 현재 Passion, Openness, Strategy, Try를 모토로 하는《살아있는 삶, 경영, 국정에 관한 라이브 POST 경영연구소》를 운영 중이다.
김병수 시인의 첫 번째 시집인『똥밭길 먼 새벽을 걷는다』는 일상에 뿌리를 둔 시집이며, 더러움의 대명사로 불리는 똥에 대한 성찰을 통하여 '해인海印의 길—사랑의 길'을 펼쳐나간다.

이메일 : kbsrokk@daum.net

김병수 시집

똥밭길 먼 새벽을 걷는다

발　　행 2020년 10월 31일
지 은 이 김병수
펴 낸 이 반송림
편집디자인 김지호
펴 낸 곳 도서출판 지혜 • 계간시전문지 애지
기획위원 반경환 이형권
주　　소 34624 대전광역시 동구 태전로 57, 2층 도서출판 지혜 (삼성동)
전　　화 042-625-1140
팩　　스 042-627-1140
전자우편 ejisarang@hanmail.net
애지카페 cafe.daum.net/ejiliterature

ISBN : 979-11-5728-421-4 03810
값 10,000원